Escenas poéticas

I

Berceuse

E. Granados.

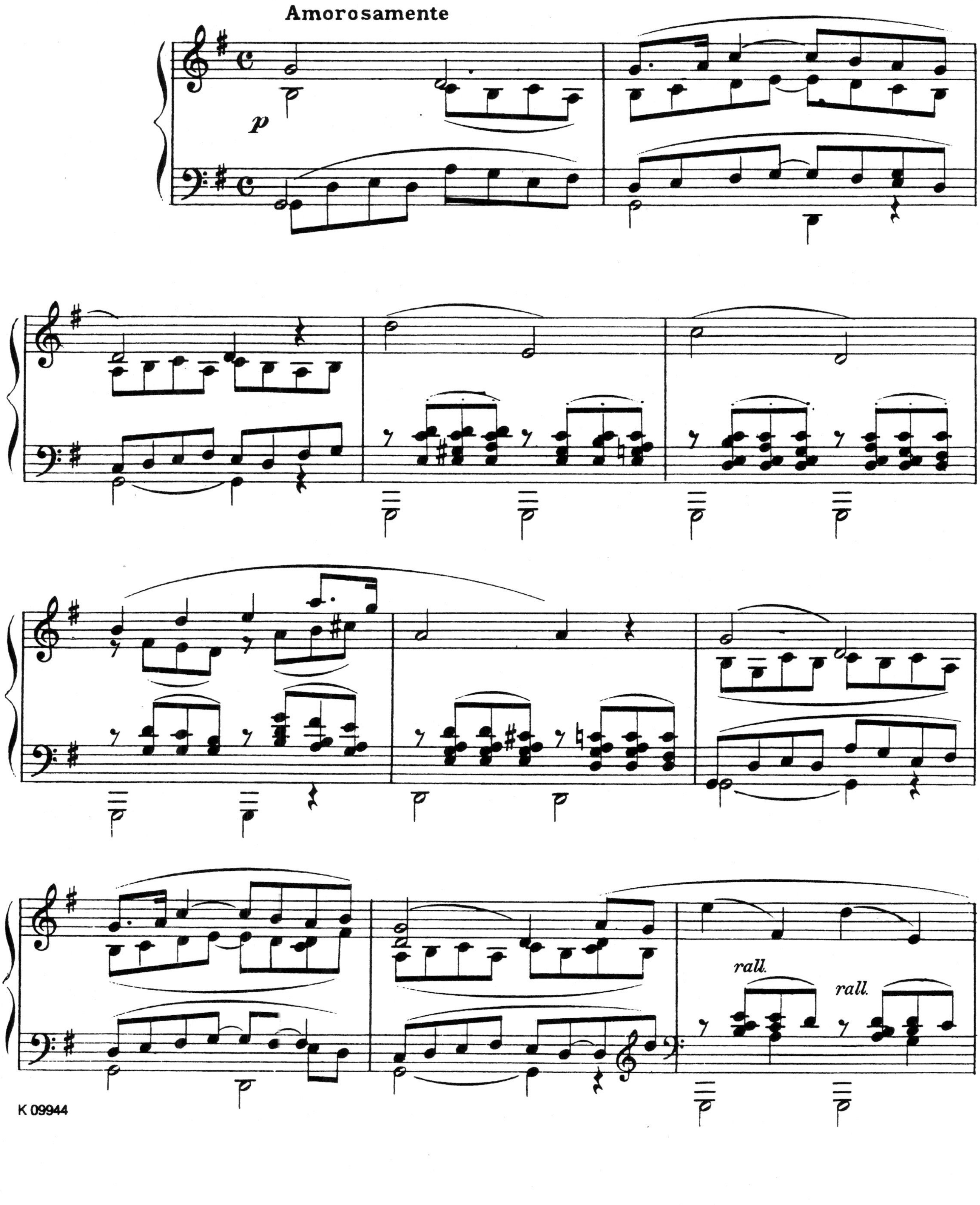

ten
a tempo
rall.
rall.
sotto voce e un poco meno mosso
pp
molto ad libitum
molto espress.
cresc.
poco rall.

a tempo   cresc.   poco rall.   poco in tempo
piu calmato e pp
pp   calmato
rall.
dim.
a tempo   ma sempre tranquillo
cresc.
a tempo   poco rall.
poco rall.
f

4
a tempo
dim. sempre
rall.
I.º Tempo
pp
cresc.

II
Eva y Walter

Poco meno
pp
quasi recit
I.º Tempo
f
Molto meno e ben calmato
dim.
pp
dim.

III
Danza de la rosa
(Petite danse de la rose)

poco rall.
a tempo
Meno
Lento
f
p dim
Ped.
Ped.
Ped.

Libro de horas

I
En el jardin

II
El invierno
(La muerte del Ruiseñor)

Un poco ad libitum

3
p
f
Calmato
espress.
ff
rall.
poco piu calmato
f
dim. molto

I.º Tempo
p
cresc.
cresc.
f dim.
p
rall. molto
ad lib.
pp morendo
(muerte del ruiseñor)

III
Al suplicio

poco meno
a tempo
poco rall.
dim. e rall.
rall.
pp
mancando
rall.
f